Peru und Deutschland:
Mein Leben zwischen zwei Kulturen

Mónica Giersbach

Peru und Deutschland: Mein Leben zwischen zwei Kulturen

Bibliografische Information der Deutschen Nationalbibliothek:
Die Deutsche Nationalbibliothek verzeichnet diese
Publikation in der Deutschen Nationalbibliografie; detaillierte
bibliografische Daten sind im Internet über dnb.dnb.de
abrufbar.

© 2019 Mónica Giersbach
Satz, Umschlaggestaltung, Herstellung und Verlag:
BoD – Books on Demand, Norderstedt

ISBN: 978-3-7407-5409-9

Inhalt

Für meine lieben Eltern

Para el abuelo y la abuela
Los queremos mucho

Eure deutsche Familie

Andere Länder, andere Sitten

„Was ist typisch deutsch?", werde ich oft gefragt, wenn ich meine Familie in Lima, Hauptstadt von Peru, besuche. Eine kurze Antwort wäre: „Ordnung ist das halbe Leben der Deutschen." Das war mein erster Eindruck, als ich das erste Mal in Deutschland war. Der Verkehr in Lima (eine Großstadt mit mehr als acht Millionen Einwohnern) ist chaotisch. In Deutschland sind die Straßen in der Regel gut ausgeschildert, was dazu beiträgt, dass der Verkehr ordentlich läuft. Die Peruaner, wie viele andere Südländer, sind lockere, liebenswürdige Menschen. Beim Begrüßen küsst man sich gegenseitig auf die Wange. Männer schütteln Hände oder klopfen sich auf die Schulter. Begrüßungen oder Abschiede sind praktisch ein Ritual, da es lange dauert, bis man sich wirklich verabschiedet hat und geht. Hier war ich anfangs erstaunt, als jemand plötzlich aufgestanden und nach einem einzigen „Tschüss!" oder „Macht es gut!" weggegangen ist. „Hat er es eilig?", dachte ich. Pünktlichkeit gehört nicht zu den besten Eigenschaften der Südamerikaner. Ich denke, „Zeit" wird da drüben anders wahrgenommen. Mein Mann selbst sagt zu mir: „Du hast immer Zeit", obwohl ich eigentlich pünktlich bin. Ein Peruaner hat aber immer Zeit, um sich mit Freunden – auch unter der Woche – zu treffen. Der Tag verläuft spontan, ohne dass man sich so große Gedanken macht. Es kommt oft vor, dass man ganz unerwartet die Familie oder Freunde besucht: Übrigens, dort hat man „nur" „Freunde", das Wort „Bekannte" benutzen wir nicht.

Hier dagegen planen die Deutschen fast alles. Kaffeetrinken beginnt pünktlich um 15 Uhr. Als mein Sohn einmal Geburtstag in Lima feierte, wunderte er sich, dass die ersten Gäste erst ab 18 Uhr erschienen. Geburtstage werden dort spät gefeiert. Gäste kommen nach und nach, selten alle zur gleichen Zeit. Das Haus meiner Eltern war am Ende des Tages voll, da die Familie dort sehr groß ist. Das hat meinem Sohn gut gefallen.

Ich vermisse das peruanische Essen sehr. Es gibt viele leckere Gerichte, die mit „ají" (eine Art Chilischote) zubereitet werden. Zum Beispiel: „Papa a la huancaína" (Kartoffeln mit einer scharfen Käsesoße). Wusstet ihr, dass die Kartoffeln aus Peru (aus den Anden) stammen? Dort gibt es über 4000 Kartoffelsorten. Meinem Mann schmecken „ollucos" (kleine Kartoffeln, klein geschnitten, mit Fleischstückchen und mit „ají", Zwiebeln, Knoblauch, mit etwas Pfeffer und Salz gewürzt und mit Reis serviert) besonders gut. Reis isst man jeden Tag als Beilage, so wie die meisten Deutschen Kartoffeln. In Peru ist es üblich, Reis und Kartoffeln zusammen in einem Gericht zu finden, was für die Deutschen unvorstellbar wäre. Etwas, was mir anfangs auch unglaublich schien, ist die Tatsache, dass Knoblauch hier nicht gegessen wird, wenn man zur Arbeit muss. Die Kollegen könnten sich doch beschweren, dass man so stark nach Knoblauch riecht. In Peru gehört Knoblauch zum Alltag, da wir den Reis mit Knoblauch zubereiten.

Papa a la huancaína

Hier ein Familienrezept unserer peruanischen Vorspeise „Papa a la huancaína":

Zutaten (6 Personen):
- 6 Kartoffeln
- 3 hartgekochte Eier
- 6 schwarze Oliven
- Ein paar Blätter Eisbergsalat
- 200 ml Speiseöl

- 200 ml Kondensmilch
- 2 Knoblauchzehen
- Salz
- 250 g Hirtenkäse (oder Schafs- oder Fetakäse)
- 4 orangefarbene Chilischoten (in Peru bekannt als „ají amarillo")

Zubereitung:
Kartoffeln (mit Schale) und Eier kochen. Kerne aus den Chilischoten entfernen und die Chilischoten im Salzwasser für eine Weile stehen lassen (damit die Soße nicht so scharf wird). In den Standmixer schüttet man erst mal das Speiseöl herein. Man mixt nach und nach die Chilischoten und die Knoblauchzehen, alles zusammen. Der Käse, die Kondensmilch und etwas Salz werden in die Soße hineingegeben. Soße weiter mixen. Man schält die Kartoffeln und die Eier. Kartoffeln werden halbiert und mit einem Blattstück Eisbergsalat, einem halben Ei und einer Olive mit der scharfen Käsesoße serviert. ¡Provecho! Guten Appetit!

Papa a la huancaína.
Foto (privat)

Peru ist ein wunderschönes, vielfältiges Land. Da befinden sich die weltberühmten Ruinen von Machu Picchu, die Inka-Stadt in den Anden von Peru. Das Naturschutzgebiet Paracas und die Ballestas-Inseln an der Küste des Pazifischen Ozeans sind ebenso einen Besuch wert, wenn man Pinguine, Seelöwen und hunderte von Vögeln beobachten möchte. Und im Urwald wird man von der Flora und Fauna des Amazonas beeindruckt.

Pinguine auf den Ballestas-Inseln
(Foto: privat)

Seelöwe auf den Ballestas-Inseln
(Foto: privat)

Lima
(Foto: privat)

Cajamarca
(Foto: privat)

Lama in den Anden
(Foto: privat)

Wo ist dann unsere Heimat?

Machu Picchu
(Foto: privat)

(Foto: privat)

Kathedrale in Cusco
(Foto: privat)

(Foto: privat)

Ruinen von Sacsayhuaman in Cusco
(Foto: privat)

(Foto: privat)

Zu Hause ist dort, wo man sich am besten fühlt. Dort, wo unsere Freunde und unsere Familie sich befinden. Welches ist dann unsere Heimat, wenn man in ein fremdes Land auswandert? Ich lebe schon seit mehreren Jahren in Deutschland und besitze seit einigen Jahren die deutsche Staatsangehörigkeit. Ich fühle mich in Deutschland wohl und gut integriert. Von ganzem Herzen werde ich trotzdem Peruanerin bleiben, denn meine Eltern, Geschwister und der Rest meiner peruanischen Familie leben in Peru: meinem Heimatland.

Bin ich also Peruanerin oder Deutsche? Nach meinem Reisepass besitze ich die deutsche Staatsbürgerschaft und mein Geburtsort ist Lima. Ich hatte bis vor Kurzem immer gedacht, dass die Reiseformalitäten mit dem deutschen Pass im Prinzip einfacher als mit dem peruanischen Pass sind. Ist es aber überall so?

Im europäischen Raum (mindestens in den EU-Ländern) läuft alles problemlos. Grenzkontrollen gehören der Vergangenheit an. Vor Kurzem bin ich aber mit Zwischenstopp in den USA nach Peru geflogen. In den Sommerferien hatten wir auf eine amerikanische Flugverbindung verzichtet, da man mit einigen Stunden Aufenthalt in den USA rechnen muss. Diese Strapazen wollte ich meinen Kindern immer ersparen, als sie klein waren. Diesmal bin ich aus persönlichen Gründen allein nach Lima gereist. Was muss man jetzt beachten, bevor man in die Vereinigten Staaten fliegt?

Seit 2009 müssen sich Deutsche im Rahmen einer visumfreien Einreise in die USA online bei ESTA („Electronic System for Travel Authorization") registrieren und seit dem 8. September 2010 eine Gebühr von 14 Dollar bezahlen. Dies gilt auch für Transitreisen. In amerikanischen Flughäfen werden alle Fingerabdrücke digital gescannt. Auf meinem Rückflug über Miami stellte ein US-Beamter mir auf Englisch verschiedene Fragen: Ob ich meine Familie in Peru besucht habe, wie lange ich in Peru war und wie oft ich nach Peru reise, was ich in Deutschland mache, was mein Mann in Deutschland macht. Ein Stück weiter hörte ich dieselben Fragen von einem zweiten Beamten – diesmal auf Spanisch. „Sind diese Fragen relevant, wenn ich nur auf Durchreise nach Deutschland bin?", dachte ich. Ich hätte mir keine Gedanken gemacht, wenn ich noch die peruanische Staatsbürgerschaft gehabt hätte. Mit peruanischem Reisepass und einem Touristenvisum habe ich vor vielen Jahren die USA besucht und eine wunderschöne Urlaubszeit verbracht: Florida eroberte mein Herz. Die Hitze spürte ich zum ersten Mal in solcher Intensität. Ich kannte so etwas nicht von meinem vorigen Deutschlandaufenthalt.

Damals hatten mir die US-Beamten nicht so viele Fragen gestellt. (Lateinamerikaner werden in der Regel bei der Einreise in die USA häufig gründlich befragt und überprüft.) Jedem wird unterstellt, dass er die Absicht hat, dort illegal zu bleiben. Zählt jetzt der deutsche Pass für die amerikanischen Behörden nicht, sondern nur das Heimatland?

Zumindest muss ich zugeben, dass die US-Beamten alle sehr höflich waren. Mittlerweile sind meine pubertierenden Kinder gespannt auf eine Reise über die USA. Sie wollten sich einmal die Chance nicht entgehen lassen, einen Milchshake zu probieren. Obwohl er unheimlich süß war, hat er meinen Kindern erstaunlicherweise besonders gut geschmeckt. Vielleicht ergibt sich die Möglichkeit, bald meinen Bruder in Kalifornien zu besuchen. Er lebt schon seit einiger Zeit mit seiner Familie in den USA.

Nach einem Jahr sind wir wieder über die USA geflogen und diesmal waren wir total davon beeindruckt, dass die Einreise unkompliziert verlaufen war. Jeder US-Beamte war hilfsbereit und alles ging flott. Was für eine Erleichterung! Wir dachten sofort an den bevorstehenden USA-Schüleraustausch.

Das Gymnasium meines Sohnes bietet jedes Jahr Schülern der Oberstufe die Möglichkeit an, sich um einen Schüleraustausch mit einer Partnerschule in den USA zu bewerben. Die Auswahlkriterien stellten sich später enttäuschend heraus. Das Notenbild wurde überhaupt nicht in Erwägung gezogen. Selbstverständlich wäre der Schüleraustausch ein tolles Erlebnis für unseren Sohn gewesen. Uns ist bewusst, dass der Kontakt zu anderen Kulturen zur Entfaltung der Persönlichkeit beiträgt. Deshalb bemühen wir uns darum, dass unsere Kinder durch Reisen unterschiedliche Kulturen kennenlernen.

Meinen Sohn hätte ich vielleicht Diego genannt. Der Name gefiel aber meinem Mann nicht und wir entschieden uns für einen anderen Namen, den meine peruanische Familie aussprechen kann. Also nehmen wir an, er heißt doch Diego.

Diego ist ein fröhlicher Mensch. Heute kam er nach Hause mit strahlendem Gesicht und erzählte mir, dass er den ersten

Platz im Diktatwettbewerb belegt hatte. Er muss jetzt mit anderen Schülern zum Bundesland-Wettbewerb. Wie stolz ich bin! Seine Schule wird er gut repräsentieren, da bin ich mir sicher. Kinder mit Migrationshintergrund sind auch der neuen deutschen Rechtschreibung mächtig. Obwohl mein Sohn selbst meint, dass er „Halbmigrationshintergrund" hat, da sein Papa Deutscher ist. Seine Worte brachten mich zum Schmunzeln.

Wo ist also unsere Heimat? Unsere Heimat befindet sich in unserem Herzen. Sie ist da, wo wir aufgewachsen sind. Sie ist da, wo unsere Familie und unsere Freunde leben. Heimat ist da, wo wir glücklich sind. Ich teile definitiv meine Liebe und mein Leben mit Peru und Deutschland.

(Foto: privat)

Kinder bilingual erziehen?

Heutzutage strebt fast jeder an, eine Fremdsprache zu erlernen. Schon in den weiterführenden Schulen kann man eine dritte Fremdsprache wählen. Auf dem Arbeitsmarkt erhöhen sich die Chancen, einen guten Job zu bekommen, wenn man mindestens eine Fremdsprache kann. Die Globalisierung macht das möglich. Seit etwa einem Jahrhundert interessiert Zweisprachigkeit Psychologen, Neurologen, Linguisten und Pädagogen. Während des Zweiten Weltkriegs fürchtete man, dass Zweisprachige die deutsche Identität verlieren. Ab den 1960ern haben neue Studien zum Beispiel widerlegt, dass Zweisprachigkeit sich negativ auf die Intelligenz auswirkt. Ein positives Denken gegenüber Bilinguismus (Zweisprachigkeit) begann.

Für mich war es von Anfang an selbstverständlich, dass meine Kinder zweisprachig aufwachsen. Mein Mann ist Deutscher und wir leben in Deutschland; also, die deutsche Sprache würden meine Kinder sowieso beherrschen, da sie alltäglichen Kontakt zur deutschen Kultur haben. Davon war ich fest überzeugt und ich bereue meine Entscheidung von damals nicht. Wichtig ist die positive Einstellung des Kindes zur Zweisprachigkeit. Jeder Elternteil sollte konsequent sein und von Geburt an in seiner Muttersprache mit dem Kind kommunizieren. Als Nachteile der Zweisprachigkeit spricht man von einer sogenannten Halbsprachigkeit. Man behauptet, dass zweisprachige Kinder beide Sprachen nicht auf muttersprachlichem Niveau beherrschen. Als Folge entwickeln sich eine schwache und eine starke Sprache. Die Frage für mich wäre: Hindert das die Kommunikation? Kann man alle Grundfertigkeiten wie Hören, Sprechen, Lesen und Schreiben nicht trainieren und verbessern?

Es kann auch vorkommen, dass man Begriffe der Nicht-umgebungssprache benutzt. Wer kennt das nicht? Wenn man für einige Zeit im Ausland lebt und sich mit Freunden oder Bekannten, die auch dort leben, in der Muttersprache beziehungsweise in der Nichtumgebungssprache unterhält, mischen alle unbewusst beide Sprachen, zum Beispiel: „¡Vamos al Hauptbahnhof!" Ab dem zweiten Lebensjahr nimmt Sprachmischung bei zweisprachigen Kindern ab.

Ebenso ist eine Sprachverweigerung auffällig, wenn das Kind nur die Umgebungssprache sprechen möchte. Das hängt vom Lebensalter und der Situation ab. Dahinter könnten emotionale und soziale Gründe und die Sprachbe-herrschung stecken.

Der Weg zur Zweisprachigkeit ist in der Praxis nicht ein-fach. Wenn die Kinder klein sind, spricht man konsequent in der Nichtumgebungssprache. Ich muss auch zugeben, dass mein Sohn immer mit mir Spanisch gesprochen hatte, bis er fünf war. Auf einmal fing Diego an, auf Deutsch zu ant-worten. Er meinte, er könne besser Deutsch als Spanisch. Ich wollte keinen Druck auf ihn ausüben. Ich spreche aber immer noch viel Spanisch mit meinen Kindern, wenn wir allein sind. Sie verstehen mich und ich bin auch froh, dass sie viel mit meiner Familie Spanisch reden, wenn wir sie im Urlaub besuchen. Dort müssen sie das machen, um sich zu verständigen. Die Notwendigkeit und die Motivation sind dort spontan und selbstverständlich. Ich frage mich, ob die geographische Lage eine große Rolle spielt. Zweisprachige Kinder, die mehrmals im Jahr Kontakt zu Verwandten im Ausland haben, müssen die Nichtumgebungssprache auf eine natürliche Weise einsetzen.

Zwei- oder mehrsprachig aufzuwachsen hat die Schulno-ten unserer Kinder nicht beeinträchtigt. Ganz im Gegenteil: Mein Sohn versteht schnell viele Begriffe in Latein, die dem

Spanischen ähnlich sind – oder umgekehrt. Meiner Tochter fällt es ebenso nicht schwer, sich in der Schule französische Vokabeln zu merken. Englisch lernen meine beiden Kinder auch schnell und problemlos. Ich bin sehr stolz auf meine Kinder. Zweisprachige Kinder vergleichen Fremdsprachen bewusster als einsprachige Kinder. Und das Wichtigste für mich: Meine Kinder können sich mit meiner Familie in meiner Muttersprache unterhalten und so den Kontakt zu den Großeltern, Tanten und Onkeln, Cousinen und Cousins pflegen. Jede Sprache reflektiert eine Kultur.

Ich weiß, es gibt viele Theorien und Vorurteile zu diesem Thema. Ich schildere einfach meine eigene Erfahrung. Es gibt kein perfektes Rezept und jede Familie ist ein Einzelfall. In anderen Familien spricht man zu Hause eine andere Sprache als die Umgebungssprache (zum Beispiel wenn beide Elternteile Migranten sind).

Mein Sohn Diego durfte schon im Alter von drei Jahren dolmetschen, als die peruanischen Großeltern bei uns zu Besuch waren. Er zögerte nicht, mit wem er Spanisch oder Deutsch sprechen sollte. Verblüfft hörte die deutsche Oma zu, wie der kleine Junge mühelos von einer zur anderen Sprache wechselte. Einmal erzählte Diego seiner Tante Rita ganz begeistert, dass wir das gegessen hatten, was die Hühner essen …

„Stimmt das?", fragte Rita völlig verunsichert.

„Na klar", antwortete ich ihr sofort.

„Bei uns wird Weizen als Hauptgericht verarbeitet und gegessen. Diego hat das Wort mit einem spanischen Kinderlied in Zusammenhang gebracht."

„Ach so", erwiderte Rita. „So schlau ist er schon."

Geburtstagskuchen (Foto: privat)

Gemeinsamkeiten zwischen Lima und London?

Rollläden und Briefkästen fehlen.

Heute habe ich in der Tageszeitung ein interessantes Interview gelesen. Dort vergleicht eine Zeitungsmitarbeiterin, die momentan in London lebt, Unterschiede zwischen London und ihrer deutschen Heimatstadt. „Was? Lese ich wohl richtig?", war mein erster Gedanke, als ich beim Frühstück einige Zeilen las, die mir vollkommen bekannt vorkamen, obwohl ich nie in London gewesen bin:

An den Haustüren sind in London nur die Hausnummern angebracht.

Briefkästen und Namensschilder fehlen. In London wird die Post durch in die Haustür eingelassene Schlitze oder in Lima einfach unter die Haustür geschoben. Bei Paketen klingelt der peruanische Postbote und wartet, bis der Empfänger die Sendung entgegennimmt. Man legt in beiden Großstädten viel Wert auf Anonymität. Es geht schließlich niemanden an, wer in welchem Haus wohnt. Die Peruaner melden sich am Telefon mit „¿Aló?" genauso wie die Briten mit „Hallo?". Mein Vater bestand immer darauf, keine Information über die Familie am Telefon weiterzugeben. Auch nicht, wie wir heißen. Dafür fragen die Peruaner am Telefon: „¿De parte de quién?" (Wer ist am Apparat?) In Deutschland wird dagegen Kindern von Anfang an beigebracht, sich mit Vor- und Nachnamen zu melden, wenn das Telefon klingelt. „Das gehört sich einfach", meinen die Eltern. Sogar in bekannten Quizshows wie „Wer wird Millionär?" deutet der beliebte Moderator Günther Jauch auf die Wichtigkeit dieser „goldenen Regel" hin, wenn er nur ein „Hallo?" vom Telefonjoker hört.

Rollläden und Mischbatterien: Fehlanzeige.

Wer nachts in absoluter Dunkelheit schlafen möchte, muss in London mit dickeren Vorhängen zurechtkommen. In Lima zieht man auch abends dickere Gardinen vor, um sich vor Blicken der Nachbarn zu schützen. Das Schlafzimmer muss nicht unbedingt dunkel sein, um in den Armen von Morpheus, dem griechischen Gott der Träume, einzuschlafen. Die Straßenlaternen beleuchten sowieso die Schlafzimmer, die zur Straße liegen. Und viele Peruaner bevorzugen sogar diese Räume. Vielleicht ticken Peruaner anders. Das ideale Umfeld für erholsamen Schlaf muss angeblich dunkel und ruhig sein. Viele Deutsche werden wahrscheinlich sowohl in London als auch in Lima die Mischbatterien im Bad vermissen und halt selbst die gewünschte warme oder kalte Wassertemperatur einstellen müssen.

Die Rechnung, bitte! ¡La cuenta, por favor!

Die Zeitungsmitarbeiterin war auch erstaunt, als sie mit anderen Briten in einem Restaurant saß und beim Bezahlen die Rechnung einfach durch die Anzahl der Personen geteilt wurde. In Peru bekommt man üblicherweise eine Rechnung. „Zusammen oder getrennt?", wird dort nicht wie hierzulande gefragt. Also wäre es angebracht, sich im Voraus mit den anderen abzusprechen. Entweder bezahlt eine Person die Rechnung und somit nehmen alle Gäste am Tisch die Einladung gerne an oder die Rechnung wird spontan durch die Anzahl der Personen geteilt, wenn die Gruppe groß ist. Auf jeden Fall wird in Peru nicht ganz genau gezählt, wie viel jeder Gast verbraucht hat. Und es ist üblich, das Trinkgeld auf dem Tisch liegen zu lassen.

Deutsches Brot und Mineralwasser?

Im Allgemeinen findet man das typische deutsche Brot ausschließlich in Deutschland. Wir hatten eine gute schwedische Bekannte, die deutsches Bauernbrot gekauft hatte, jedes Mal wenn sie in Deutschland zu Besuch war. Morgens oder abends gehen die Peruaner zum Bäcker frische Brötchen holen. In Lima muss man öfter Schlange stehen, bevor an der Kasse bezahlt wird.

Leitungswasser trinken die Peruaner am liebsten. „Agua mineral sin gas, por favor." (Mineralwasser ohne Kohlensäure, bitte.) Laut dem Zeitungsinterview wird in Londoner Restaurants gratis Leitungswasser auf den Tisch gestellt. Das habe ich auch in Frankreich beobachtet. In Peru bekommt man auf Anfrage kostenlos Leitungswasser und der Kellner versichert uns sogar in manchen Restaurants, dass das Wasser abgekocht wurde …

Schuluniform

Als Kind hatte ich mir darüber keine Gedanken gemacht. Höchstens hätten sich alle Schüler damals gewünscht, dass die Farbe nicht so grau wie das Wetter in Lima wäre. Die peruanische Militärregierung führte eine einheitliche Schuluniform für alle privaten und staatlichen Schulen ein. Somit wollte man verhindern, dass die Unterschiede zwischen Reichen und Armen zumindest in der Schule nicht hervorgehoben würden. Jetzt sehen die Schuluniformen fröhlicher aus als zu jenen Zeiten und jede Schule bestimmt selbst Farbe und Design ihrer Schuluniform. Es ist gut so.

„Ist die Schule in Peru so streng wie in Frankreich?", fragte mich meine Tochter einmal.

„Wieso? Wie kommst du denn darauf, Laura?"

Laura (so hätte ich wahrscheinlich meine Tochter genannt) erzählte mir, dass dieser Eindruck einen Film in ihr geweckt hatte, der neulich in ihrer Schule ausgestrahlt wurde.

„Französische Schüler bleiben länger in der Schule und müssen sitzen bleiben, wenn sie die Hausaufgaben nicht gemacht haben", fügte sie hinzu.

An jenem Nachmittag saßen mein Sohn, meine Tochter und ihre Freundin Emma am Tisch und unterhielten sich fröhlich über die Schule. Ich hatte Waffeln zubereitet und Sahne geschlagen, die mein Sohn Diego gern mit Sauerkirschen isst.

Lomo saltado (Foto: privat)

Wenn der eigene Vater Alzheimer hat

Der Trailer von Til Schweigers Film „Honig im Kopf" hat mich zutiefst berührt. Ein ernstes Thema wird mit Humor behandelt: Alzheimer. Sogar die leiseste Vorahnung, diese Diagnose zu bekommen, erschüttert uns. Die Angst vor einem immer mehr abhängigen Zustand lässt sich nicht vermeiden. „Kann man mit dieser Krankheit humorvoll – wie im Film – umgehen?"

Meine persönliche Antwort wäre: „Einigermaßen ja." Vor einigen Jahren wurde meinem lieben Vater Alzheimer diagnostiziert. Ich bin jetzt froh, dass meine Mutter und mein Vater damals zur Erstkommunion meines Sohnes nach Deutschland gekommen sind. Das war die letzte Reise, die mein Vater unternommen hatte. Er war noch in der Lage, mit uns lange Ausflüge zu machen. Manchmal dachte er aber, dass er sich in Lima befinden würde. Die Wiederholung einer bestimmten Frage gehört auch zu den ersten Anzeichen der Krankheit.

„Wieso hatte keiner die Symptome in Peru wahrgenommen? Werden wohl Verhaltensänderungen anfangs durch den alltäglichen Kontakt zu einem Patienten übersehen?", fragte ich mich. Meinem Vater war schon bewusst, dass etwas mit seinem Kopf nicht stimmte. Das wurde auf normale Altersvergesslichkeit zurückgeführt. Es war aber leider nicht so. Ein paar Tage nach der Ankunft meiner Eltern passierte etwas, was mich so sehr berührte: Mein Vater bestand darauf, die Koffer zu packen und nach Lima zurückzukehren. Meine Mutter antwortete dann:

„Unsere Tochter wird traurig sein, wenn wir jetzt nach Peru zurückfliegen."

Plötzlich kam er zu mir und sagte: „Warum hat mir keiner gesagt, dass du meine Tochter bist?" Seine Worte brachten meine Mutter und mich zum Weinen.

Da wurde mein Verdacht bestätigt. Zum Glück erfuhr mein Vater nie, was er wirklich hatte. Das hätte weder ihm noch meiner Mutter geholfen.

Musik hörte mein Vater sehr gern. Wir waren alle erstaunt, wie er trotz seiner Krankheit noch alte Lieder singen konnte. An den Text von Redewendungen oder Gedichten erinnerte sich mein Vater für lange Zeit sehr gut. Die Enkelkinder brachten meinen lieben Vater und uns alle zum Lachen. Meine kleine Tochter erklärte sich oft bereit, auf den Opa „aufzupassen", wenn wir die Sommerferien in Lima verbrachten. Sie war immer fürsorglich zu dem „abuelo" (Opa). Die schönen gemeinsamen Spaziergänge an der Strandpromenade werden wir nicht vergessen. Das wurde praktisch zum Ritual. Wir haben mit meinem Vater getanzt und gelacht. Selbstverständlich auch um ihn geweint.

Ich bewundere meine Mutter, die all diese Jahre meinen Vater unterstützt hat, der zum Mittelpunkt geworden war. Die Familie trifft sich regelmäßig. Alzheimer ist eine schlimme Krankheit, die das Leben der ganzen Familie verändert. Mein Elternhaus musste nach den Bedürfnissen meines Vaters umgestaltet werden: neues Schlaf- und Badezimmer im Erdgeschoss. „Das Wichtigste ist aber, dass die Familie zusammenhält!"

Meine Mutter als Bezugsperson hat am meisten gelitten. Sie weigerte sich anfangs, irgendeine Hilfe in Anspruch zu nehmen. Meine Brüder und ich konnten sie aber schließlich überreden, eine Pflegerin anzustellen. Allein hätte meine Mutter das nicht geschafft. Leider lebe ich nicht in ihrer Nähe. Vor Kurzem hatte sich der Zustand meines Vaters verschlechtert. Er lag im Krankenhaus. Wir alle fürchteten um sein Leben.

Ich traf dann die schnelle Entscheidung, nach Lima zu fliegen. Ich bin froh, dass ich meine Mutter unterstützen konnte. Jeden Tag haben wir meinen Vater im Krankenhaus besucht. Es war so ein komisches Gefühl, diesmal ohne meine Kinder nach Peru zu fliegen.

Bald ist Muttertag. Trotz der großen Entfernung sind meine Gedanken und mein Herz immer bei meinen lieben Eltern. „Ich danke dir, Til Schweiger, dass du mit deinem Film auf diese Krankheit aufmerksam gemacht hast." Ich wünsche mir, dass der Film eines Tages in lateinamerikanischen Kinos ausgestrahlt wird. Dann würde ich mir auf jeden Fall mit meiner Mutter und dem Rest der Familie den Film anschauen.

Inka (Foto: privat)

Alles dreht sich um dich. Jedes Projekt oder jeden Erfolg widmen wir dir, Papá! Die Zeit vergeht wie im Flug. Ich möchte manchmal die Uhrzeit stoppen, die Krankheit lässt sich aber bedauerlicherweise nicht aufhalten. Alles kommt mir vor, als wäre das ein Rennen gegen die Zeit. Du hörst uns jetzt nicht mehr, oder doch? Wir hören deine Stimme leider nicht mehr. Deine Weisheit bewahren wir, deine Kinder. Wir schwelgen in unseren Erinnerungen, die hoffentlich nie erlöschen. Du hattest immer zahlreiche Sprüche, die wir jetzt immer wiederholen, damit dein Geist lebendig unter uns bleibt:

„Cada uno es culpable de su propio destino." (Jeder ist für sein eigenes Schicksal verantwortlich.)

Das Leben ist kein Ponyhof. Jeder Mensch ist aber in der Lage, seine Ziele zu erreichen. Der Weg mag schwer sein. Die Steine sind auf gar keinen Fall Hindernisse, sondern anspruchsvolle Herausforderungen, die unser Leben bereichern.

Wie es unserer Mamá geht, möchtest du bestimmt wissen. Sie darf nicht in deiner Gegenwart weinen und zieht sich zurück, damit du ihr Leiden nicht mitbekommst. Dich betrüben möchte sie nicht. Das iPad, was für eine wertvolle Erfindung! Über Facetime kommunizieren wir. Ein einziges Klicken transportiert uns bis zum anderen Ende der Welt. Für mich ist es immer ein unbeschreibliches Gefühl, dich zu sehen, Papá! Mit Mamá trotz der großen Entfernung eine Tasse Kaffee gemeinsam zu genießen. Sie erkundet das Haus und ich fühle mich, als wäre ich bei euch. So etwas ist einfach unbezahlbar! Deine Schritte habe ich verfolgt, wenn dein Physiotherapeut Carlos jeden Tag nach Hause kam und dich bei jedem Spaziergang an der Strandpromenade entlangführte. Damals sangst du noch stolz deine Lieblingslieder mit oder sagtest Verse vor, die dir am Herzen lagen. Passanten, die mit ihren Hunden Gassi gingen, bewunderten deine Vitalität und Offenheit, wenn man das so nennen darf. Unwillkürlich strahlte dein Gesicht vielfältige Gefühle aus: Fröhlichkeit, Ärger, Liebe, Unruhe …

Nichts schaffte es, dich davon abzubringen, deinen Willen durchzusetzen. Du bleibst immer noch der liebevolle Familienvater und Hauptperson für uns alle. Doch unsere Mutter musste sich schon längst mit dem Gedanken abfinden, dass eure Rollen vertauscht wurden, indem sie dich jetzt unterstützt. Geborgenheit und bedingungslose Liebe zu Mamá und deinen Kindern gehörte immer zu deiner größten Stärke, Papá!

¡Feliz Navidad!

In der Vorweihnachtszeit hört man im Radio José Feliciano, Sänger und Gitarrist aus Puerto Rico, mit seinem „Feliz Navidad, Feliz Navidad …“. Er singt mit so großen Gefühlen, dass es mich immer wieder berührt, wenn ich das Lied höre. Ich denke dann an meine peruanische Familie und ich wünschte, dass sie nicht so weit entfernt von mir lebte, so dass ich mit meinen Liebsten diese Adventszeit gemeinsam verbringen könnte. In Peru wird der Weihnachtsbaum schon Anfang Dezember geschmückt, da er künstlich ist. Mein Vater hat sich immer große Mühe gegeben, um eine schöne Weihnachtskrippe aufzustellen. Jedes Jahr hat er sie liebevoll anders gestaltet. Eine Krippe darf in den peruanischen Familien nicht fehlen. Sie gehört zur beliebten Tradition der Peruaner. Das Christkind wird aber erst am Heiligen Abend um Mitternacht neben die anderen Krippenfiguren platziert.

Leider wird diese Weihnachtsstimmung offensichtlich nicht von allen geteilt. Im Dezember wird in Häuser oder Wohnungen in Peru häufiger eingebrochen. Vor Kurzem mussten meine Eltern einen Raubüberfall bei sich zu Hause erleben. Da, wo jeder sich am sichersten fühlen sollte. Der materielle Verlust ist nicht so schlimm wie die seelische Sorge während und nach dem Geschehen. Ich danke dem lieben Gott, dass meiner Familie nichts passiert ist. Immerhin waren die Einbrecher bewaffnet. „Haben diese Männer keine Familie?", frage ich mich. „Was werden sie sich wohl zu Weihnachten wünschen?"

¡Feliz Navidad! Frohe Weihnachten!
(Foto: privat)

„Stille Nacht, heilige Nacht!"

Auf meinem Weihnachtswunschzettel steht: „Noche de paz, noche de amor" (Stille Nacht, heilige Nacht) großgeschrieben. „Paz" = „Frieden" und „amor" = „Liebe" für alle Menschen auf dieser Welt. Die Weihnachtslieder übermitteln wahre menschliche Gefühle und Wünsche. Was wäre Weihnachten ohne diese Lieder? Ich hoffe von ganzem Herzen, dass diese Wünsche in Erfüllung gehen. An Heiligabend werden sich viele Familien treffen und wieder an die Geburt Jesu denken. Kinder freuen sich besonders auf Geschenke. In den Kirchen werden Krippenspiele aufgeführt. (Mein Sohn macht dieses Jahr wieder mit.) In Deutschland sehnt man sich nach weißen Weihnachten mit Schnee. Als Kind habe ich im Sommer bei warmen Temperaturen Weihnachten gefeiert. Wie oder wo wir feiern, spielt eigentlich keine Rolle. Der tatsächliche Sinn von Weihnachten sollte aber nicht in Vergessenheit geraten.

Für mich ist Weihnachten auch ein sehr wichtiges Familienfest, wo alle Familienmitglieder eine besinnliche Zeit zusammen verbringen. In Peru beginnt das Abendessen am Heiligen Abend um Mitternacht, nachdem alle sich „Feliz Navidad" (Frohe Weihnachten) gewünscht haben. Truthahn, Gemüse und Apfelbrei stehen auf dem Tisch. Danach trinkt man heiße Schokolade und isst „panetón" (italienische Kuchenspezialität) statt Stollen. In Deutschland strahlen Kerzen Licht und Wärme aus. Weihnachtsplätzchen werden gebacken. Trotz der kleinen Unterschiede in jedem Land: „Heiligabend feiern – gemeinsam statt einsam", sollte das Motto überall sein.

Lima bei Nacht
(Foto: privat)

Wie man mit Trauer aus der Ferne umgehen kann.

Das Leben ist schön, aber trotzdem schwer. Von einer Sekunde zur anderen kann sich unser Leben total verändern. Aus diesem Grund sollten wir jeden Moment mit unseren Liebsten genießen, als wäre diese gemeinsame Zeit unsere allerletzte. Denn nichts ist selbstverständlich!

In Peru ist die Familie groß, denn zur Familie gehören auch Großtanten, Großonkel etc. Manchmal leben viele Generationen zusammen, manchmal nicht. Doch die Familie spielt bei uns eine wichtige Rolle. Man redet miteinander über unsere Probleme, Sorgen beziehungsweise über unsere Freude.

Vor Kurzem ist mein lieber Großonkel gestorben. Wir hatten noch nicht richtig um ihn getrauert und plötzlich müssen wir jetzt um das Leben von dessen Tochter bangen. Vor ein paar Tagen hat die Cousine meines Vaters einen Schlaganfall erlitten. Malena musste notoperiert werden und liegt seitdem im Koma. Zwei Schicksalsschläge in so kurzer Zeit.

Über WhatsApp-Nachrichten ist die ganze Familie verbunden. Für Migranten sind die Smartphones unentbehrlich. Das kann banal klingen, es ist aber so. Es hilft, wenn wir gemeinsam über unsere Trauer, unsere schönen Erinnerungen und unseren Schmerz reden können. Jeder Mensch trauert anders, jeder Mensch braucht seine Zeit, um das Geschehene zu verarbeiten. Trotz der Entfernung ist Kommunikation dennoch sehr wichtig. Das gibt uns Halt, Hoffnung und Trost.

Halt, weil man sich fragt, ob man alles Mögliche getan hat, um das Leben unseres geliebten Menschen zu retten. „Warum musste uns das passieren?" Diese Frage dreht sich in unserem Kopf. Ständig ist man mit solchen grausamen Nachrichten konfrontiert, dennoch fühlt sich jeder nicht persönlich betroffen, bis sich ein tragischer Fall ausgerechnet in unserem Familien- oder Freundeskreis ereignet. Ohne die geringste Ahnung, ohne jede Vorbereitung.

„Die Hoffnung stirbt zuletzt" ist ein alter Spruch, den wir jetzt dauernd hören. Solange Leben noch da ist, gibt es einen Funken Hoffnung. Victoria, Malenas Schwester, ist unendlich traurig, doch sie erinnert uns alle daran, wie kämpferisch Malena ist. Wir beten gemeinsam und überlassen Gott das letzte Wort. Die Hirnschäden seien irreversibel, so die Ärzte. Die letzte Hoffnung liegt in Gottes Händen.

Trost? Der Mensch findet sich nicht so schnell mit seinem Schicksal ab. Verzweifelt sucht man Kraft und mehr Kraft, um das Geschehene zu verarbeiten. Nicht aufzugeben und weiterzukämpfen macht doch immer Sinn. Erst wenn der Kampf ums Leben zu Ende ist, werden wir irgendwie Trost finden.

„Heute habe ich etwas Wunderschönes zu berichten", schrieb Mariana, Malenas Tochter.

„Mamá hat auf Anweisung meine Hand gedrückt und die Augen geöffnet." Diese Nachricht hat uns berührt. Egal, was schließlich passieren sollte, werden wir zusammenhalten, obwohl Malenas Kinder jetzt ihre Ruhe brauchen und nicht auf einzelne WhatsApp-Nachrichten antworten werden.

„Wir bitten euch um Verständnis, liebe Familie."

„Mach dir nichts draus, liebe Mariana!"

Es bleibt uns nichts anderes übrig, als Geduld und Ruhe zu bewahren.

Ein Wunder ist geschehen!

„Ich danke euch allen für eure Gebete!" – „Ich liebe euch auch!"

Die ersten Worte, die wir von Malena hörten, haben uns alle berührt. Ein Wunder ist geschehen. Victoria war gestern bei Malena, die endlich das Krankenhaus verlassen durfte, und nahm diese Nachricht für die ganze Familie auf.

Malena ist sogar in der Lage, Nahrung zu sich zu nehmen. Obwohl sie sich ihres Zustands bewusst ist, zeigt sie sich optimistisch. Malenas Fortschritt macht sogar die Neurologen sprachlos, deren Prognosen hoffnungslos waren.

Trotzdem werden wir noch weiterbeten, damit Malena nicht aufgibt, weiterzukämpfen.

Leb wohl, Alexia!

Ich bin heute unendlich traurig, liebe Freundin! Du hast in der letzten Zeit tapfer gekämpft, ohne dich zu beklagen. Doch du hast uns zu früh verlassen. Du wirst ewig in unseren Herzen bleiben, das verspreche ich dir! Die Trauer lasse ich jetzt zu. So ist das Leben: Werden und Vergehen … Oft liegen Freud und Leid so eng beieinander.

Es war ein warmer, sonniger Sommerabend. Ich war nach dem gemeinsamen Spaziergang im Wald völlig erschöpft und hatte mir ein Nickerchen gegönnt. Von Weitem hörte ich deine Stimme.

„Kommst du mit uns zu Julia?", rief meine Freundin Alexia etwas ungeduldig, da meine Antwort auf sich warten ließ und sie ihren Mann Peter kannte, der nie zu spät zu einem Termin kam.

Julia war ihre Schwester und hatte uns zum Grillen eingeladen. Damals hätte ich überhaupt nicht gedacht, dass meine Antwort meine Zukunft bestimmen würde. Denn an jenem Abend lernte ich meinen zukünftigen Mann kennen, der auch Peter hieß.

Wir saßen schon alle am Tisch, als Peter mit seinem Kumpel Martin erschien. Sie nahmen Platz. Peter und ich unterhielten uns und sofort entstand eine Art Vertrautheit zwischen uns. Er tauschte Plätze mit Julia, um sich neben mich zu setzen. Was für ein unbeschreibliches Gefühl! Mit voller Leidenschaft erzählte er mir von seinen unzähligen Reisen. Ich spürte die Notwendigkeit, jede einzelne Spur seiner geschilderten Orte zu verfolgen, mit ihm seine Erlebnisse zu teilen. Er wollte auch mehr von meiner Heimat erfahren. Sofort dachte ich an Scheherazade aus Tausendundeiner Nacht. Wo lag das Geheimnis ihrer Anziehungskraft? War ich auch in der Lage, Peter zu bezaubern? Meinen bevorstehenden Rückflug hatte ich total vergessen. Spielte das eine Rolle? Die Frage hatte ich mir damals, ehrlich gesagt, nicht gestellt.

Wir Menschen schwelgen gern in solchen Erinnerungen, die uns lebendig machen und zum Schmunzeln bringen. Mit Alexia erkundete ich öfter die märchenhafte europäische Kleinstadt, wo Peter lebte, ohne früher geahnt zu haben, dass diese pittoreske Stadt mit ihren geheimnisvollen Fachwerkhäusern mich erobern würde. Liebe Alexia! Jetzt verstehe ich, warum Lesen deine Leidenschaft war. Diese unendlichen Geschichten transportierten dich in bezaubernde Welten, während du gemütlich auf dem Balkon mit Brunnengeplätscher und Vogelgezwitscher saßest und eine Tasse Kaffee oder ein Glas Wein trankst. Was den Reiz von Reisen in ferne Länder ausmacht! Schweden hattest du schon längst in dein Herz geschlossen, bevor wir uns gemeinsam zum ersten Mal auf die Suche nach *Michel aus Lönneberga* machten. Dich werde ich für immer mit Astrid Lindgren in Verbindung bringen. Ihr seid untrennbar!

Als wir aus Schweden zurückkamen, hattest du eine tolle Überraschung für mich: eine Abschiedsparty. Selbstverständlich hattest du alles prima organisiert und auch „meinen" Peter eingeladen. Meine liebste Freundin, dir verdanke ich heute mein Glück. An jenem Abend herrschte eine perfekte Atmosphäre von Liebe und Freundschaft. Scheherazade tauchte wieder in meinen Gedanken auf. Den Zauber wollte ich nicht brechen. Mir blieb auch nicht viel Zeit, nur diese eine Nacht! Also musste ich jede Sekunde, jede Minute nutzen … Werde ich das genauso wie Scheherazade schaffen? Ich kämpfte nicht um mein Leben. Oder doch? Das Schicksal nimmt jeder in die Hand, bis dass der Tod uns scheidet …

Aller Anfang ist schwer, jeder Abschied ebenso! Man hofft nur auf ein Wiedersehen. Ein Jahr später besuchte mich Peter. Oh! Das reimt sich sogar. War das ein gutes Omen vielleicht? Freilich! Die Landschaft meines Heimatlandes war so vielfältig, dass die Fortsetzung der Tausendundeinen Nacht folgte. Prächtige Berge und wunderschöne Seen begleiteten uns auf unserer Entdeckungstour. Die Flamme der Liebe durfte nicht erlöschen. Was ist eigentlich Liebe? Meine Familie war auch von meinem deutschen Freund begeistert.

„Deutsche sind auch herzlich und freundlich", sagte mein Vater einmal zu mir.

„Na klar", erwiderte ich lächelnd, „Deutsche sind nicht nur pünktlich und ordentlich, sie haben auch ein großes Herz."

„Dann bin ich beruhigt, Viviana."

„Ihr kennt doch meine deutsche Freundin Alexia, oder?"

„Alexia ist ein liebenswürdiges Mädchen", stimmte mein Vater zu.

Alexia wurde auch unsere Trauzeugin, als Peter und ich in Deutschland standesamtlich heirateten. Meine Eltern kümmerten sich um die Vorbereitungen unserer kirchlichen Hochzeit in meinem Heimatland. Peter durfte mich nicht vor der Trauung in meinem Hochzeitskleid sehen. Das Kleid hatte ich von meiner lieben Cousine Maria aus den USA geschenkt bekommen. Es war genau das Hochzeitskleid, das ich mir gewünscht hatte. Schlicht, aber elegant. Einfach traumhaft!

Peter stand sprachlos vor dem Altar und küsste zärtlich meine Hand, als mein Vater mich in der Kirche zu ihm führte. Peters Blick werde ich nie vergessen, als er meine Hand nahm. Dann verstand ich endlich, was Liebe bedeutete: Geborgenheit, Respekt und Bewunderung.

„Liebe ist wie ein Garten, der Pflege und Ausdauer braucht. In guten und in schlechten Zeiten", flüsterte ich.

Peter wiederholte mehrmals folgenden Satz:

„Das Märchen geht weiter, solange wir es zulassen … wie bei Scheherazade."

Und da hatte er Recht. Hauptsächlich die im Laufe unseres Lebens gesammelten schönen Erinnerungen und Erfahrungen sollten wir in unserem Gehirn speichern, damit diese Gedanken uns Kraft geben, wenn wir im Begriff sind, aufzugeben. Denn positive Gedanken können viel bewegen und üben einen großen Einfluss auf unser Wohlbefinden aus. Das letzte Mal, als er diesen Satz aussprach, lag er auf der Intensivstation nach einem Herzinfarkt.

„Unsere Liebe wird uns zusammenhalten", sagte ich zu ihm.

„Bis dass der Tod uns scheidet …", antwortete er leise.

In meinem Kopf spielten sich so viele Bilder ab.

„Vor zwanzig Jahren kreuzten sich unsere Wege bei Alexias Schwester. Erinnerst du dich noch?", fragte ich ihn.

Erst nach ein paar Tagen wurde Peter aufs Zimmer verlegt und konnte meine Frage beantworten:

„Ja. Ich muss dir auch etwas gestehen, Viviana. Alexia hatte mir damals ein Foto von dir gezeigt und ich bestand auf ein Treffen von uns beiden. Und so entstand unsere Liebesgeschichte: die Geschichte von Viviana und Peter."

Alexia, liebe Freundin! Du wirst immer in unseren Herzen bleiben. Wir alle haben dich sehr lieb! Leb wohl, Alexia!

„Wie schön muss es erst im Himmel sein, wenn er von außen schon so schön aussieht!" (Astrid Lindgren)

Blauer Himmel in den Anden
(Foto: privat)